AW

Die Tochter besucht ihren Vater, den sie seit ihrer Kindheit nicht mehr gesehen hat. Sie redet mit ihm, als wäre er nur ein Bekannter, bestenfalls ein Freund, nicht ihr leiblicher Vater, der sie und ihre Mutter von heute auf morgen verlassen hat. Der Vater, ein mehr oder weniger erfolgreicher Künstler, gibt seine Beweggründe nicht preis, spricht nicht darüber, auch nicht mit der Tochter. Keine gegenseitigen Vorwürfe, kein Streit, kein offener Schlagabtausch. Über alles Mögliche wird gesprochen, bloß nicht über die Trennung. Dennoch spiegeln sich in ihrer Mimik und Gestik Unsicherheit und Bedrängnis wider. Im Laufe des Nachmittags, den sie im Büro des Vaters, am Chiemsee und auf der Terrasse eines Restaurants verbringen, entwickeln sie nach und nach freundschaftliche Gefühle füreinander, sodass sich die Spannungen am Ende ins Positive wenden.

Adelhard Winzer, geboren in Karlshuld/Bayern, verbrachte die ersten Kinderjahre auf dem Bauernhof seines Onkels, Mitbegründer verschiedener Bands, Reisen durch Europa, Kinderbuchveröffentlichung „Andreas", Georg Lentz Verlag, München, Bankangestellter, Bankkaufmann, intensive Schreib- und Zeichentätigkeit, Ausstellungen in Neuburg an der Donau, München und Umgebung, zwei Stücke im Cantus Theaterverlag, Eschach: „Krethi und Plethi" – „Das Korkenspiel", weitere Buchveröffentlichungen: „Die Sprachgrenze" – „Lügengeschichten" – „Stockholm Blues" – „Hundert Zeichnungen" – „Grundsätze über die Kunst" – „Andreas (Reprint)" – „Venedig, von hier aus" – „33 Computer-Zeichnungen" – „Der Pensionist" – „Italienische Skizzen" – „Die kürzeste Liebesgeschichte der Welt" – „Die Kunst des Drachentötens" – „Lieblose Zeiten" – „Liebes, böses Kind" – „Maratonga" – „Strandgut", BoD – Books on Demand, Norderstedt, lebt im Chiemgau.

ADELHARD
WINZER
HEIMKEHR
Erzählung

Bibliografische Information der
Deutschen Nationalbibliothek: Die Deutsche
Nationalbibliothek verzeichnet diese Publikation
in der Deutschen Nationalbibliografie. Detaillierte
bibliografische Daten sind im Internet über
http://dnb.dnb.de abrufbar.

Herstellung und Verlag:
BoD – Books on Demand, Norderstedt
Umschlagzeichnung:
Adelhard Winzer

ISBN 9783-753408361

HEIMKEHR

„Das Leben ist so schnell vergangen
Haben wir uns nicht gerade erst kennengelernt "

Kerstin Specht

DAS HAUS

Erst gegen Mittag hatte die Tochter mit ihrem Auto das alleinstehende Haus im Chiemgau erreicht. Sie hielt auf der Straße, ließ den Motor laufen, blickte sich mehrmals um. Schließlich parkte sie den Wagen vor der Garage neben dem Haus. Der Vater hatte sie kommen sehen. Während sie ausstieg, hob er seinen Arm und rief: Hallo!

Sie kam erschöpft auf ihn zu, blieb nochmal stehen, sperrte mit der Fernbedienung den Wagen ab. Ich habe schon gemeint, ich komme nicht mehr an. Die Bundesstraße, Lastwagen, Autos hinten und vorn, Wahnsinn. Die Strecke zieht sich so furchtbar lang hin. Das nächste Mal fahre ich an einem Sonntag! Das ist wahrscheinlich auch gescheiter, meinte der Vater, ich kenne das Theater. Und beide umarmten sich, schauten sich an.

Sie überquerten den Hof, blieben vor der Eingangstür des Hauses stehen. Der Vater machte eine ausladende Geste und sagte: Das ist das Reich meiner Lebensgefährtin! Und, hat deine Lebensgefährtin auch einen Namen? Anita, aber sie ist nicht hier, sie muss heute bei ihrem Schwager auf das Enkelkind ihrer Schwester aufpassen, das sonst bei uns ist. Hört sich kompliziert an, sagte sie. Ist es auch! Alles wegen mir? Nein, wegen dem Kind, es ist krank. Es ist immer krank!

Er öffnete die Tür, aber die Tochter blieb stehen. Sie sagte: Vorhin hab ich gedacht, ich hätte den Beppi gesehen. Welchen Beppi? Du weißt schon, der Kleinbichler Beppi, den habe ich letzte Woche in der Stadt getroffen. Ja, Beppi, hab ich gesagt, so eine Überraschung, wann haben wir uns denn zum letzten Mal gesehen?! Ich bin nicht der Beppi, hat er gesagt, ich bin der Sepp! Dabei haben wir im Sand gespielt früher, Kühe gehütet, als Kinder alles Mögliche miteinander gemacht. Ich bin der SEPP, hat er gesagt, als hätte ich ihm etwas getan. Dann wollte er doch reden mit mir. Was ich von der Allianz-Aktie halte, und ob ich ihm nicht ein paar Tipps geben könne. Von Immobilienfonds hat er angefangen, und von der Wall Street. Hoppla, hab ich gedacht, da schau her, der Beppi macht jetzt auf Aktien! Und bin weggegangen von ihm. Der Vater sagte: Der Beppi? Und die Tochter begann, ihre Schuhe auszuziehen. Die kannst du anbehalten, meinte er. Die Tochter schlüpfte trotzdem aus ihren Schuhen. Der Vater schaute ihr zu und sagte: An den Beppi kann ich mich kaum erinnern. Ich weiß nur noch, dass er immer Schlagzeug gespielt hat. Und ich hab schon gedacht, der Beppi ist hier! Der Vater: Nein, das würde ich wissen. Die Tochter: Der hat sich nämlich verspekuliert. Wer, der Beppi? Wenn, dann schon SEPP, sagte sie, bitteschön! Und beide fingen zu lachen an.

DAS ZIMMER

Sie durchquerten den Flur, gelangten über eine steile Treppe in das Arbeitszimmer des Vaters. Es war eingerichtet mit einer kleinen Couch, einem Schreibtisch, Computer, überbordenden Bücherregalen und einem altmodischen Telefonapparat. Die Tochter blieb im Zimmer stehen, blickte sich um, setzte sich dann auf die Couch. Du wohnst strategisch ungünstig, sagte sie. Ich weiß, entgegnete er, was hab ich mich früher aufgeregt über die schlechte Verbindung. Wenn ich nach München wollte, musste ich erst mit der Bimmelbahn nach Mühldorf, eine halbe Stunde warten, und dann mit dem Schnellzug weiter. Das mache ich nicht mehr, ich fahre nur noch mit dem Wagen. Ich denke da genauso, meinte die Tochter, das ganze Geschwafel über die Autos, wie falsch und verlogen das ist! Neulich im Fernsehen, aus lauter Verzweiflung, weil sonst nichts gekommen ist, haben wir den Besserwisserkanal eingeschaltet. Wer ist WIR, fragte der Vater. Ich und Robert. Robert, dein Mann? Nein, ich bin geschieden, sagte sie. Jedenfalls haben wir uns da eine pseudowissenschaftliche Sendung angesehen über eine Elefanten-Waisenhaus-Station in Afrika. Wie sie das machen mit den Tieren, war ja ganz interessant, aber am Schluss hieß es wieder nur: DIE ELEFANTEN STERBEN AUS! DIE NASHÖRNER SOWIESO! UND DIE ERDERWÄRMUNG! Deswegen fahre ich trotzdem nicht dreißig Kilometer mit dem Fahrrad zur Arbeit, Punkt! Weil, das ist ja in sich schon wieder ein Widerspruch. Auf der einen Seite wollen sie uns schlau machen, andererseits heißt es Klimawandel, Umweltverschmutzung und was uns das alles an Strom kostet! Also müsste ich in der logischen Konsequenz meinen Fernseher ausschalten, und zwar sofort.

Der Vater hatte ein Buch aus dem Regal gezogen, schaute es an, schob es wieder zurück. Und, wie verstehst du dich mit deinem neuen Freund? Wir wohnen schon zehn Jahre zusammen, sagte sie. Sie stand auf und reichte ihm einen USB-Stick. Schau, ich habe dir ein paar Fotos mitgebracht, die wurden alle auf Roberts Geburtstagsfeier gemacht. Der Vater ging an den Schreibtisch. Während er den Stick in den Computer steckte, sagte er: Ich habe mir gedacht, schlimmstenfalls warte ich noch eine Stunde, dann rufe ich dich an. Deine Handynummer hab ich mir schon hergerichtet, schau! Er nahm einen Zettel vom Schreibtisch und zeigte ihn ihr. Wenn du nicht kommst, muss ich dich anrufen, hab ich gedacht, weil du ja gesagt hast, du fährst rechtzeitig los. Das bin ich auch, sagte sie, aber die Bundesstraße war so was von nervig, dass ich mir schon überlegt habe, ob ich auf dem Rückweg nicht gleich die Autobahn nehmen soll. Nein, das ist ein Umweg, sagte er. Da fing das Telefon zu läuten an. Er nahm den Hörer vom Apparat, drückte auf die Gabel, legte den Hörer vor sich hin. Die Tochter fragte: Machst du das öfter? Nein, sagte er, nur weil du da bist.

Auf dem Bildschirm waren bereits zahlreiche Fotos erschienen. Die Tochter kam näher und deutete auf ein Bild: Schau, das sind die Gäste, das die Alphornbläser, und das ist Robert! Der sieht ja lustig aus, meinte der Vater, ein richtiges Original, was? Die Tochter ging nicht darauf ein. Hier ist sein Onkel, sagte sie, und das seine Schwester. Der Vater zeigte auf ein größeres Foto: Und wer ist das? Seine Kinder. Was, Kinder hat er auch, dann ist er wohl auch geschieden? Ich weiß, was du meinst, erwiderte sie, was kann ich denn dafür, wenn mich der Jochen geschlagen hat. Sie deutete wieder auf das Foto. Aber Robert ist ein ganz Lieber! Der Vater unterbrach sie. Ich kopiere jetzt die Bilder, damit du den Stick wieder mitnehmen kannst. Es eilt nicht, meinte sie. Schau, sagte er, Datei anklicken, Bilder einfügen, beschriften und speichern, so mach ich das. Ich weiß, wie es geht, entgegnete sie. Er zog den Stick aus dem Computer und reichte ihn ihr. Wann war denn die Geburtstagsfeier? Am letzten, nein, am vorletzten Sonntag! Sie ging langsam zur Couch zurück, setzte sich wieder. Der Robert ist in Ordnung, sagte sie und blickte auf ihren USB-Stick. Der lebt im Hier und Jetzt. Was früher war, interessiert ihn nicht, und was die Zukunft bringt, das ist ihm egal. Jetzt bin ich da, sagt er, jetzt gibt es eine Brotzeit, und dann einen Kuchen. So ist er, und er meint das alles ehrlich! Hab ich vielleicht etwas Unrechtes gesagt?, fragte der Vater. Er wartete, aber die Tochter antwortete nicht.

Wenn du willst, fahren wir an den Chiemsee. Da gibt es ein Café, wo sich immer so Leute treffen, die glauben, was Besseres zu sein! Er schmunzelte. Große Terrasse, traumhafter Blick auf den See, wirklich schön gelegen. Da hab ich meinen runden Geburtstag gefeiert. Er machte eine kurze Pause. Oder Schloss Herrenchiemsee, das wäre dann die große Tour, da war ich mit Bekannten, die wollten das unbedingt sehen, das ganze Drumherum, Fahrt mit

Pferdekutsche und so, alles inklusive Führer. Was meinst du dazu? Das mit dem Café würde mir gefallen, sagte sie. Also, fahren wir an den Chiemsee? Ja, fahren wir.

Willst du vorher noch etwas essen oder trinken? Nein, ich habe immer eine Flasche Wasser und Äpfel im Auto. Was, da kriegt man ja einen Durchfall! Nein, da fehlt mir nichts, Äpfel und Wasser habe ich immer im Auto, ich fahre ja relativ viel umher, wegen der Arbeit. Normalerweise zwischen Neuburg und Ingolstadt hin und her, da sind meine Büros, aber ich fahre auch oft nach Augsburg, Ulm oder Kempten, Landsberg und Donauwörth, von daher bin ich das eigentlich gewohnt, dass ich was im Auto habe! Ich mag das gar nicht mehr, meinte der Vater, das viele Herumfahren. Wieso? Immerhin trennen uns dreißig Jahre. Was, so alt bin ich schon?! Nein, so jung bin ich noch, heißt es, sagte er.

Und immer unterwegs bist du, bis nach Ulm kommst du? Ulm ist gar nicht so weit, meinte sie, das fahre ich relativ gemütlich. Kempten aber, das ist weit, Kempten, Kaufbeuren und Sonthofen, wenn ich manchmal bis da runter muss, das ist schon ein Schlauch. Aber Ulm, kein Problem, in zwei Stunden spätestens bin ich dort. Kempten hingegen, das ist wirklich weit. In Kempten, sagte der Vater, hab ich mal einen Behinderten gekannt, der diesem französischen Schauspieler ähnlich sieht. Wie heißt er gleich wieder? Ist auch egal, ich hab sowieso keinen Kontakt mehr zu ihm. Er war Pförtner bei einer Versicherungsgesellschaft und hat zu einer auffallend großen Mitarbeiterin gesagt: NA, WIE IST DENN DIE LUFT DA OBEN?! Daraufhin hat sie einen Riesenaufstand gemacht, sich an höchster Stelle beschwert, sodass er fristlos entlassen wurde. Was?! Ja, aber er hat sich das nicht gefallen lassen, ist bis zum Arbeitsgericht gegangen. Ein paar Jahre hat sich das hingezogen, weil, vielleicht hat er ja auch noch eine andere Anspielung gemacht oder einen sexistischen Witz erzählt, oder die Frau hat einen Komplex bekommen wegen ihrer Größe – vielleicht war das mit der Luft gar nicht der Grund, dass sie ihn entlassen haben! Wer weiß, was die Frau für eine Position gehabt hat, meinte daraufhin die Tochter, einen Mitarbeiter mit offizieller Behinderung kriegt man ja so schnell nicht raus, allein schon wegen des Kündigungsschutzes, vielleicht war es die Chefin persönlich?! Er war fast blind, sagte der Vater, aber zum Telefonieren haben sie ihn noch brauchen können. Womöglich hat er es auch gar nicht so böse gemeint. Also, wenn man jemanden nicht kennt, darf man nicht gleich so daherreden! Aber sie haben ihn rehabilitiert, und er hat Recht bekommen, Schmerzensgeld haben sie ihm auch noch zahlen müssen! Und, haben sie ihn wieder eingestellt? Ob sie ihn wieder eingestellt haben, weiß ich nicht, ich weiß nur, dass er unglaublich viele Schallplatten gehabt hat. Und das war es, was mich damals interessierte! Ich glaube, da warst du noch gar nicht auf der Welt. Der hat mir Oldies überspielt, von denen ich gar nicht wusste, dass es sie gibt! Und für so etwas hast du dich mal interessiert?! Ich bin nur darauf gekommen, weil du Kempten gesagt hast, da hab ich ihn einmal besucht. Das war ein Spezialist, was Oldies betrifft, sehr kooperativ, das muss ich sagen, andererseits aber auch ein ziemlich schwieriger Mensch, ein richtiger Kotzbrocken. Schlussendlich habe ich ihm als Dank eine seltene Schallplatte geschenkt, und mich wieder von ihm getrennt. Wieso? Weil das ein wirklich anstrengender Mensch war, eingebildet und arrogant und mit einem krankhaften Selbstbewusstsein. So einen hältst du nicht lange aus! Einfach den Kontakt abgebrochen hast du? Mich hat die Musik interessiert, nicht der Typ. Raffiniert, sagte sie. Was, ich und raffiniert? Er ging ans Fenster und drehte sich um: Hast du nicht gesagt, dein Robert macht Brotzeit, wenn er Brotzeit macht, liest, wenn er liest, oder so ähnlich? Stimmt, sagte sie. Glaubst du, dass ich nicht esse, wenn ich esse, nicht schreibe, wenn ich schreibe? So hab ich das nicht gemeint, erwiderte sie. Er setzte sich an den Schreibtisch, schaute sie erwartungsvoll an.

Hast du nicht geschrieben, dass du vor kurzem zuhause warst?, fragte sie. Wie war die Fahrt? Er antwortete nicht. Willst du nicht darüber reden? Autos über Autos, sagte er. Und die Rückfahrt? Die war noch schlimmer! Wieso? Er stand auf, schaltete den Computer aus. Anita hat Kopfweh bekommen, weil so viele Leute da waren, die sie nicht kannte. Sie hat sich einfach ausgeklinkt, und das fand ich nicht so lustig. Er nahm den Telefonhörer, legte ihn wieder auf. Es ist ziemlich laut hergegangen, eine ehemalige Schulfreundin hat erklärt, dass sie nicht das Kind ihres Vaters sei! Es gab mal so ein Gerücht, ihr leiblicher Vater sei Amerikaner. Aber MEIN VATI war immer gut zu mir, hat sie gesagt. Nur wenn er getrunken hat, gab es Streit, weil er sich aufhetzen ließ in der

Wirtschaft. Wenn er dann nachhause kam, hat er die Mutti angeschrien: Gell, du hast rumgehurt, als ich im Krieg war! Zuerst hat es nämlich geheißen, er sei im Lazarett, dann hat es geheißen, er sei vermisst, dann hat es geheißen, er sei gefallen im Krieg. Und dann ist wahrscheinlich so ein netter GI gekommen und hat der Mutti den Himmel auf Erden versprochen, meinte die Tochter. Ich weiß es nicht, angeblich hat sie ihren richtigen Vater nie kennengelernt, und der VATI ist dann auch ziemlich bald gestorben! Ah, das tut mir jetzt leid, sagte sie.

Da fällt mir Anitas Mutter ein, die letztes Jahr im Krankenhaus gestorben ist. Drei Monate lang lag sie in der Geriatrie. Aber das Pflegepersonal hat sich bemüht um sie. Die waren sehr einfühlsam, haben ihr am letzten Tag eine Rose aufs Bett gelegt, sie hergerichtet und gekämmt und das Fenster geöffnet. Ich habe Anitas Mutter sehr gerne gehabt. Wir haben ja fast alles gemeinsam gemacht, sie richtig eingebunden in unser Leben. Nur an den Chiemsee bin ich nie mitgefahren, weil ich den Chiemsee nicht mag. Vielleicht weil sie immer so geschwärmt haben: WANN FAHREN WIR ENDLICH MAL WIEDER AN DEN CHIEMSEE! WANN FAHREN WIR DENN!? Einmal bin ich doch mitgefahren, und habe mich mit ihnen am See entlanggeschlängelt. Vor uns die drohenden Berge und hinter uns die stinkenden Autos. Schau, das ist der Hochgern, hat Anita gerufen. Und die Mutter: Da drüben die Kampenwand! Ich bin ja nicht blind, hab ich gedacht. Und die Touristen, seht ihr die auch?

Weil du Touristen sagst. Robert und ich machen im Winter oft Skitouren. Leider ist das inzwischen Mode geworden. Da, wo wir jahrelang allein gewesen sind, rennen jetzt alle mit ihrer Superausrüstung den Berg hinauf. Mich nervt das manchmal, weil du denkst, du bist in einer Ameisenstraße, vor dir läuft einer und der Hintermann tritt dir fast auf die Ski, weil seine

Superausrüstung muss er ja ausführen und aufmerksam machen auf sich, rechts keinen Blick und auch nicht links. Neulich haben wir einen gesehen, wo wir dachten: Du gehörst doch runtergeschossen! Der ist wie ein Wilder den Berg hinauf, ohne Gepäck, ohne irgendwas, nur so einen Minirucksack hat er dabeigehabt, nichts zum Trinken, nichts zum Essen. Wenn einer bei der Kälte auf den Berg geht ohne Ausrüstung, das ist ja wie Motorradfahren im Winter in der Badehose! Selber schuld, denke ich dann, wenn dir was passiert. Das ist ja ein Berg, für den man eine Ausrüstung braucht, und es ist auch nicht ganz ungefährlich. Der ist wie ein Stier da rauf, hat sich oben sein verschwitztes Hemd vom Leib gerissen, sich ein anderes angezogen und ist wieder runtergerannt. Das war aber keiner von diesen Bergläufern, keiner von diesen Verrückten, die so Rennen machen, weil dafür hat er schlicht zwanzig Kilo zu viel gehabt. Nein, das war einfach wieder nur so ein Wichtigtuer, und wegen solcher Deppen muss man sich ärgern, weil die so eine Unruhe reinbringen!

Es gibt aber auch noch diese Typen mit den Lawinenpiepsern, fuhr sie fort. So ein Gerät kostet ja ein Heidengeld. Und diesen Lawinenpiepser hängen sich diese tollen Tourengeher außen an ihre Schickimickiklamotten, damit man ihn auch wirklich sieht. Aber das ist nicht der Sinn der Sache, weil der Piepser, wenn du ihn außen trägst, das allererste Teil ist, das dir in der Lawine davonfliegt. In der Lawine beutelt es dich nämlich durch wie in einer Waschmaschine, und die Leute liegen oft nur noch nackt drinnen, wenn sie gefunden werden. Da haben sie keine Chance mehr. Wenn ich dann so einen sehe, denke ich oft: Schon wieder ein Ferngesteuerter!

Da fallen mir die Geschichten von Luis Trenker ein, sagte der Vater. Der ist seinerzeit ins Fernsehstudio gegangen, hat sich hingesetzt und zu reden angefangen: AUFFE SAMMA AUFN BERG – UND DER

HERRGOTT HOD UNS ZUAGSCHAUT – UND DE SONNA HOT GSCHEINT – UND WIA HAMMA UNS DE SCHIE ANGSCHNOID UND SAN DEN BERG OWEGFAHRN! So hat der dahergeredet, eine halbe Stunde lang. DAMALS HATS JA NO KOA SCHIEBINDUNG GEBN – GELL, DA HAMMA UNS SELBER WAS ZUSAMMENBASTELN MÜSSEN – SEITLICH DEN HANG AUFFE SAMMA DAMIT – WEIL SCHIELIFT HOTS JA DAMALS A NO NET GEBN!

Stimmt, sagte die Tochter, das war der Anfang von der Skifahrerei. Drei Stunden lang aufwärtsgehen, dass man eine Viertelstunde runterfahren konnte. Und das ist heute noch so. In Berchtesgaden gibt es eine Strecke, da ist oben ein Hochtal, so auf achtzehnhundert Meter ist das ungefähr, da gehst du dreihundert Meter hinter, danach kommt dann noch so ein Steilhang, dann kommst du schon in den Gipfelbereich hinauf, und in diesem Seitental, da hörst du nichts. Da bin ich beim ersten Mal stehen geblieben, da ist mir das aufgefallen, da hab ich das Blut in meinen Ohren rauschen hören, was du ja sonst nirgends hast, entweder es scheppert so eine blöde Kirchenglocke oder ein Auto fährt vorbei oder ein Radfahrer klingelt oder irgendwo läuft eine Musik. Und da war nichts, kein Auto, kein Flugzeug, gar nichts, das war im ersten Moment total beängstigend. Ich hab zu Robert gesagt, bleib mal stehen, er ist ja noch gegangen, da hab ich noch das Stampfen und Quietschen seiner Schritte gehört, da frag ich ihn: Hörst du das? Nein, was? Und ich sage: Ja nichts! Und wir hörten einfach nichts, nichts. Und als wir uns konzentrierten, zwischendurch auch noch zu schnaufen aufhörten – war das gewaltig!

Weil du von der Stille sprichst, vor kurzem habe ich wieder das BUCH DER RAUMFAHRER in der Hand gehabt, da gibt es Bilder, fotografiert vom Weltraum aus. Ein paar Astronauten haben festgestellt, dass die Erde noch mehr verschmutzt ist als früher. In dem Band sind außergewöhnliche Aufnahmen zu sehen, und was die Raumfahrer und Kosmonauten aus Russland, Amerika und Frankreich alles erlebt haben, die Gedanken von denen, ich weiß gar nicht, wie viele Nationalitäten da schon oben waren. Die haben alles aufgeschrieben, ihre Eindrücke, und was sie alles gesehen haben. Da muss ja auch eine Dunkelheit herrschen und eine Stille, die es gar nicht gibt auf der Welt.

Bei uns im Garten, sagte die Tochter, ist es oft so still, ein Traum. In der Frühe hörst du vielleicht eine Amsel singen, gegen Abend ein paar Wasservögel, und wenn es absolut still ist, hörst du den Nachbarn, wie er auf seiner Terrasse ein Knäckebrot bricht, und du weißt sofort: Ah, aus Sesam!

Der Vater schmunzelte und meinte: Wenn du willst, schenke ich dir das Buch. Ja, gerne! Da fing das Telefon wieder zu läuten an. Wann kommt eigentlich deine Anita zurück? Gegen Abend, sag-

te er. Fahren wir dann? Ja, wir fahren.
Und das Telefon? Das lassen wir läuten!

DER WAGEN

Nachdem sie die Ortstafel hinter sich gelassen hatten, fing der Vater zu singen an: FÄHRT DER ALTE LORD FORT – FÄHRT ER NUR IM FORD FORT! Die Tochter lachte, kurbelte das Seitenfenster herunter. Das war das Auto von Anitas Eltern, sagte er. Sie wollte den Wagen gleich verkaufen, aber ich habe gesagt, nein, den gibst du nicht her, der ist noch gut in Schuss, der hat noch nicht so viel Elektronik eingebaut, wie die meisten Autos heutzutage, außerdem sind erst fünfzigtausend Kilometer drauf! Die Tochter blickte aus dem Fenster und fragte: Wohin fahren wir eigentlich? Standardstrecke, die Anita mit ihrer Mutter immer gefahren ist. Nach dem Tod ihres Vaters war sie mit der Mutter oft am Chiemsee, viel öfter als früher. Da haben sie Brotzeit gemacht, Kaffee getrunken, sind spazieren gegangen, manchmal auch ein bisschen geschwommen. Das hat ihrer Mutter gut getan, das hat sie gebraucht, das hat sie wieder aufgebaut. Einmal hat sie gefragt: Schämst du dich nicht, mit so einer alten Frau unterwegs zu sein? Da hat Anita erst gemerkt, wie sehr sie ihre Mutter liebt.

Die Tochter machte das Seitenfenster wieder zu. Schöne Landschaft, meinte sie. So schön hier die Landschaft auch ist, sagte der Vater, am liebsten wäre ich wieder in München. Und was sagt deine Anita dazu? Gar nichts, die erklärt mich für verrückt! Verkauf das Haus, hab ich gesagt, gehen wir wieder in die Stadt. Ich brauche keinen Garten, keine Garage. Ich brauche kein Haus. Im Sommer darf ich Rasenmähen, im Winter Schneeräumen. Und was hab ich davon, nichts. Wieso? Ganz einfach, weil mir das Haus nicht gehört! Mieten wir uns in München eine Wohnung, habe ich gesagt, dann können wir im Winter auch mal wegfahren, wenn uns danach ist. In der Stadt müssen wir nicht Schneeräumen, da brauchen wir kein Streusalz, und auch keinen Rasenmäher! Er schaute flüchtig zur Tochter, die eine Sonnenbrille aus ihrer Tasche zog, und sagte: Letztes Jahr habe ich eine große Ausstellung gehabt, da hat der zuständige Herr vom Lokalblatt meinen Namen falsch geschrieben und ein Gemälde veröffentlicht, das gar nicht von mir stammt. Als ich mich beschwerte, hat er sich aufgeführt, als sei er die BILD-ZEITUNG persönlich. Gehen wir, hab ich zu Anita gesagt. Aber sie ist so ein Familienmensch. Jetzt, wo ihre Eltern nicht mehr leben, kann sie sich von der Verwandtschaft nicht trennen.

Gestern war die Kleine zum ersten Mal im Kindergarten, nach einer Viertelstunde wollte sie wieder zu uns. Das hat keinen Sinn, hab ich gesagt, das Kind muss sich daran gewöhnen, wenigstens zwei Mal in der Woche, damit wir nicht so eingespannt sind! Das versteh ich jetzt nicht ganz, meinte die Tochter und begann, mit ihrer Sonnenbrille zu spielen. Anitas Schwester hat keine Zeit, der Neffe kein Geld, also schieben sie uns die Kinder zu! Die Große geht schon zur Schule, aber die Kleine ist in einem Alter, wo man sie keine Minute aus den Augen lassen darf. Die Tochter hielt sich die Sonnenbrille vor die Augen und schaute den Vater lächelnd an. Was ist denn mit der Brille?, fragte er. Ich dachte schon, ich sehe dich nicht mehr. Wahrscheinlich bin ich damit in den Regen gekommen. Mit der Sonnenbrille? Nein, das habe ich jetzt nur so gesagt. Sie setzte die Brille wieder auf und lachte. Schau, schon sehe ich dich wieder!

Ich zeige dir jetzt den Chiemsee, damit du ihn mal gesehen hast! Dann besuchen wir das Lokal, setzen uns auf die Terrasse und trinken Kaffee. Um diese Zeit sind noch nicht so viele Touristen unterwegs. Die Tochter kurbelte das Seitenfenster herunter und wieder hinauf. Wirklich schön, sagte sie. Ja – aber man kommt so schlecht weg von hier! Oder hin, meinte sie. Genau, früher ist noch ein Bus nach München gefahren, aber den gibt es heute auch nicht mehr.

Der Vater verlangsamte seine Fahrt, blieb

fast stehen und rief: Schau, das ist der Chiemsee! Siehst du ihn zwischen den Bäumen? Ah, ich hab mir schon die ganze Zeit gedacht, was das wohl ist? Der Chiemsee, wiederholte er und fing gekünstelt zu husten an.

Also, wir fahren jetzt erst mal am See entlang, damit du gleich siehst, wovon ich spreche. Hier sind sie immer spazieren gegangen. Da drüben der Anlegeplatz, dort der Spazierweg. Die Baustelle war früher ein Café, da haben sie öfters Kaffee getrunken. Alles noch gar nicht so lange her. Und jetzt gibt es das auch nicht mehr.

Schweigend fuhren sie an der Promenade entlang. Die Tochter blickte sich mehrmals um, steckte ihre Sonnenbrille wieder in die Tasche. Leider sieht man heute die Bergkette nicht, sagte er. Es klang fast wie eine Entschuldigung. Kein Hochgern. Auch keine Kampenwand, die sich im Wasser spiegeln würde. Nur ein einsames Segelboot.

DER WEG

Der Vater und die Tochter gingen an einer Waldlichtung entlang. Der Vater sagte: Das ist der Rad- und Wanderweg, er führt rund um den See. Und da drüben wohnen die geldigen Leute, schau dir die Häuser an! Ja, sagte sie. Wenn es hier um etwas geht, nimmt Anita das in die Hand. Ich weiß beispielsweise nicht: Wo ist der schönere Spazierweg? In welcher Wirtschaft gibt es den besten Fisch? Sie weiß alles besser, also mische ich mich gar nicht erst ein. Die Tochter nickte, blieb stehen und holte zwei Äpfel aus ihrer Tasche. Willst du auch einen?, fragte sie.

Eine dicke Frau kam mit ungelenken Bewegungen auf sie zu. Der Vater schaute belustigt zur Seite. Er fragte die Tochter: Wie nennt man gleich wieder diese Leute? Die Tochter reagierte nicht. Du weißt schon, die mit Skistöcken – aber ohne Ski! Die dicke Frau hatte bemerkt, dass er sie beobachtet hatte, und schaute ihn misstrauisch an. Die Tochter sagte NORDIC WALKING und biss in ihren Apfel. Der Vater fing verlegen zu pfeifen an. Als die Frau außer Hörweite war, sagte er: Einfach lächerlich! Aber nur weil sie es falsch macht, meinte die Tochter. Da fing ihr Handy zu bimmeln an. Ist das jetzt dein Robert?, fragte er. Keine Ahnung, sagte sie, reichte ihm ihren Apfel und holte das Handy aus der Tasche. Sie ging erst nach links, dann nach rechts, blieb stehen, drehte sich um – brachte keine Verbindung zustande. Enttäuscht sagte sie: Und wo ist jetzt der Chiemsee?! Der Vater: Ich glaube, das ist heute nicht mein Tag.

Schweigend gingen sie nebeneinander her. Jeder mit einem Apfel in der Hand. Der Vater schaute mehrmals zur Tochter. Als er merkte, dass sie ihren Apfelbutzen wegwerfen wollte, rief er: Bitte nicht, den bekommen unsere Hasen! Was, Hasen habt ihr auch? Ja, einen Hasenstall, für die Kinder. Das war Anitas Idee. Er fing laut zu singen an: HINTERM HANS SEIN

HOSENHAUS – HOCKA HUNDERT HO-
SEN DRAUSS – HUNDERT HOSEN HOCKA
DRAUSS – HINTERM HANS SEIN HO-
SENHAUS! Die Tochter kramte in ihrer
Tasche, reichte ihm einen frischen Ap-
fel: Bitteschön, für die Hasen! Sehr lieb,
sagte er.

Obwohl sie durch einen Hohlweg gingen, roch es nach frisch gemähtem Gras.
Der Vater berührte ein paar Sträucher am
Wegrand und die unteren Äste der Bäume. Gehe ich dir zu langsam?, fragte er.
Du bist der Ältere, meinte sie, du kannst
bestimmen. Er machte größere Schritte.
Er wurde wieder langsam. Er bückte sich
und blieb stehen: Schau, hier erkennt man
schon den See. Da, ein Schiff, und da
drüben noch eins! UND HINTER UNS EINE
HORDE RADFAHRER – rief die Tochter und
zog ihn geschwind zur Seite. Haben die
keine Glocke, schimpfte er. Nein, die haben keine Glocke, die haben auch kein
Licht, und ein Schutzblech haben die auch
nicht, aber aufgestylt sind sie, schau nur,

verdreckt von oben bis unten!

Die Tochter meinte: Wir waren letzte Woche in Augsburg, in Gersthofen vielmehr, da haben wir uns in einem neu eröffneten Mountainbikegeschäft neue Fahrräder gekauft. Der Vater sagte: Hier fahren die jungen Leute nach Salzburg in das große Einkaufszentrum, und alle sind begeistert. Im Winter kommst du in die Tiefgarage, kannst die Jacke im Auto lassen, musst nicht schwitzen, kannst in Hemd und Hose durch den Einkaufspark gehen – und alles voll klimatisiert! Das finde ich ganz schlimm, meinte die Tochter, vor allem die neuartigen FACTORY OUTLET CENTER. Furchtbar! Die Verkäufer sind so was von arrogant, als gäbe es nur sie auf der Welt. Mit den Kinos ist es dasselbe, Riesenkomplexe, in denen fast nur noch amerikanische Filme gezeigt werden, alles vollautomatisch, zehn Streifen auf einmal, und keine Filmvorführer mehr. Bei uns in der Nähe gibt es noch ein kleines Kino, da läuft vielleicht derselbe Film, dafür wesentlich billiger, also gehe ich lieber zu denen, als dass ich mein Geld den Großkonzernen in den Rachen werfe! Aber ihr seid doch auch nach Augsburg in das große Mountainbikegeschäft gefahren! Stimmt, sagte sie, aber nur, weil es die Fahrräder bei uns nicht gibt. Da blieb der Vater plötzlich stehen und rief: SCHAU – DER CHIEMSEE!

DER CHIEMSEE

Beide standen am Ufer und schauten auf den See hinaus. Wie groß ist der eigentlich?, fragte die Tochter. Von der Fläche her etwa ein Drittel von München. Und was ist das da drüben? Die Fraueninsel, da könnten wir leicht rüberschwimmen. Hast du dein Badezeug dabei, dann stürzen wir uns in die Fluten? Sie lachte und sagte: Lieber nicht!

Wie viele Einwohner hat München eigentlich? Eineinhalbmillionen, glaube ich. Und das da draußen, was ist das? Das ist die berühmte Chiemseerenke. Nein, noch weiter draußen! Ich weiß nicht, wahrscheinlich fliegende Fische, oder es fängt zu regnen an. Hinter dem Gestrüpp verbirgt sich jedenfalls die Krautinsel. Die ist unbewohnt, soviel ich weiß. Krautinsel – da gibt es bestimmt auch Frösche! Ja, aber das tun wir uns jetzt nicht an, dass wir da rüberschwimmen? Nein, bestimmt nicht, meinte sie.

Auf der Fraueninsel gibt es auch ein Kloster, sagte er, da kann man sich erholen! Ich weiß, man kann alles machen, man muss nur wissen, was. Und, weißt du es? Nicht immer, trotzdem habe ich mir schon überlegt, ob ich nicht mal eine Auszeit nehmen sollte, mit so einem Schweigegelübde, dass mich keiner anschmarrt, ich einmal so richtig meine Ruhe habe. Ich müsste mich nur entscheiden. Exerzitien könnte ich auch im Gebirge machen, zurück zum Ursprung, Wohnung ohne Heizung, Klo im Freien. Das wäre nichts für mich, meinte der Vater. Wenn, dann zurück in die Stadt!

Ein Fußgänger im Trachtenanzug kam auf sie zu. Er grüßte, ohne sie anzuschauen. Servus, sagte er. Und der Vater: Habe die Ehre! Die Tochter fragte, hast du den gekannt? Nein, hier grüßen die Einheimischen fast alle Fremden mit SERVUS. Erst wenn man ihnen näherkommt, merkt man, was für Ansichten sie haben. Die meisten bilden sich wunder was ein, glauben, ihnen gehörte der Chiemsee. Die mit den Gamsbärten auf den Hüten sind am schlimmsten. Also sage ich auch nur noch SERVUS oder HABE DIE EHRE, lasse mich auf keine Diskussion mehr ein.

Die Tochter deutete auf eine Plastik am Wegrand. Echt lustig, sagte sie. Ja, schöner als all die verrosteten Skulpturen! Die kenne ich auch, meinte sie, aber ich kann nichts anfangen damit. Nach der Arbeit sitze ich oft vor der Glotze. Ich möchte mich auf etwas konzentrieren, auf ein Gemälde oder ein Buch, aber es geht nicht. Am liebsten würde ich weiterarbeiten, das kann ich aber dann auch nicht. So bleibe ich sitzen bis Mitternacht. Der Vater sagte: Den Künstler von dieser Plastik hab ich gekannt. Ein richtig armer Hund war das. Die Einheimischen haben ihn immer geschnitten. Erst jetzt, nach seinem Tod, beginnen sie sich für ihn zu interessieren. Und der HEIMATPFLEGER gibt seinen Senf dazu.

Der Vater blieb plötzlich stehen und lauschte. Er schloss seine Augen. Er war völlig in sich gekehrt. Auf einmal kam es ihm so vor, als sei er angekommen, wusste aber nicht, was er eigentlich meinte damit. Er sagte: Als Anita eines Abends nicht wie geplant nach Hause kam, war ich allein. Alles so still und aufgeräumt. Kein: Onkel schau mal! Onkel hier bin ich! Onkel such mich! Onkel spiel mit mir! Oder: Jetzt lass doch mal das Kind in Ruhe! Nichts. So schön ruhig war es, dass ich mich an meine Junggesellenzeit erinnert fühlte.

Ein ohrenbetäubender Lärm zerriss die Idylle. Beide erschraken und duckten sich mehrmals weg. Der Himmel verfinsterte sich. Die Bäume rauschten, ein Vogelschwarm schrie wie verrückt. Zwei Kampfjets donnerten im Tiefflug über sie hinweg! Die Tochter hielt sich krampfhaft die Ohren zu. Der Vater bewegte sich wie ein Tontaubenschütze, imitierte das Rattern eines Maschinengewehrs. Er stand da, als hätte er die Düsenjäger über dem See abgeschossen. Und der Lärm ebbte langsam ab. Die Bäume hörten auf zu rauschen, die Vögel beruhigten sich wieder. Nur ein verzerrtes Nachbild blieb für einen Augenblick am Himmel zurück.

DAS CAFÉ

Beide standen auf einer großen Terrasse. Vor ihnen der Chiemsee. Sie gingen auf einen leeren Tisch zu und setzten sich. Hier habe ich meinen runden Geburtstag gefeiert, sagte der Vater. Wunderbar, dann seid Ihr wohl öfter hier? Eigentlich nicht, wir fahren fast nirgends mehr hin. Wieso? Weil wir die meiste Zeit von Kindern umgeben sind. Was ist denn mit den Kindern?! Ich weiß nicht, ob du das verstehst. Ich fühle mich hin und her gerissen, die Kleine lehnt mich ab und die Große hat mich richtig lieb. Während der Ferienzeit waren sie fast jeden Tag bei uns, daraufhin waren wir vierzehn Tage lang krank!

Die Tochter meinte: Zurzeit läuft ein Film in den Kinos, da geht es auch um Patenkinder. Ja, ich habe davon gehört, aber ich mag diesen Hollywoodschauspieler nicht. Wenn der schon wieder mitspielt, hab ich gedacht, schau ich mir den Film gar nicht erst an! Aber das ist der nicht, den du meist. Doch, in der Vorschau haben sie ihn groß angekündigt! Nein, das stimmt nicht. Doch, ein richtiger Fratzenschneider ist das! So glaub mir doch, der ist es nicht. Gut, dann ist er es halt nicht! Eine kurze Pause entstand. Und beide fingen zu lachen an. Wahrscheinlich habe ich Vorurteile, sagte der Vater. Wer hat die nicht? Gut, mein erstes Vorurteil wäre also dann, dass ich Schauspieler nicht mag, die immer zeigen müssen, dass sie spielen, wenn sie spielen. So einer ist das nämlich! Er blickte sich um und fuhr fort: Ich glaube, ich bin ziemlich anstrengend. Nein, das glaube ich nicht! Will ich Anita etwas erzählen, schaut sie mich vorwurfsvoll an. Kaum hab ich angefangen, fällt sie mir ins Wort und seufzt: Wann kommst du endlich zum Punkt! Die Tochter entgegnete: Ich habe von früh bis spät Gespräche zu führen und wichtige Entscheidungen zu treffen, wenn ich dann abends nachhause komme und Robert will mir noch was erzählen, sage ich nur: Entschuldige, Schatz, ich will die nächsten zwei Stunden nichts hören und sehen, außer du stirbst oder das Haus brennt ab! Ich merke schon, du bist geschult, machst das auf die humorvolle Art, meinte der Vater, aber bei ihr geht das nicht, sie ist mit den Kindern so beschäftigt, dass sie mir nicht mehr zuhört. Ein falsches Wort und ich kriege zur Antwort: Was will mir denn der Künstler damit sagen? Hört sich lustig an, meinte die Tochter. Ist es aber nicht!

Ein Kellner ging geschäftig an ihnen vorbei. Die Tochter sagte: Sieht uns der nicht? Nein, der sieht uns nicht, entgegnete der Vater, stand auf und holte eine Speisekarte vom Nebentisch. Vielen Dank, sagte sie und vertiefte sich in die Karte.

Die Herrschaften wünschen?, fragte der Kellner. Einen Milchkaffee und ein Stück Apfelkuchen, sagte die Tochter. Und der Herr? Eine Tasse Kaffee, ohne Milch und Zucker. Der Kellner beugte sich vor und erklärte: Ein Haferl kann ich Ihnen anbieten. Der Vater: Ein Haferl? Der Kellner: Oder eine Tasse Schümli! Schümli, was ist das? Kellner: Das ist eine ganz normale Tasse Kaffee – nein, mehr so ein Kännchen, der kommt aus der Schweiz. Der Vater: Da war ich schon mal. Der Kellner, geduldig: Also, der Schümli, der wird frisch gemahlen. Eine normale Tasse Filterkaffee darf ich heraußen nicht verkaufen. Der Vater: Dann probiere ich halt den frisch gemahlenen Schümli, so wie er früher gemacht wurde. Der Kellner: Ja, den trinke ich selber auch sehr gerne, den kann ich Ihnen empfehlen. Der Vater: Tun Sie den selber mahlen? Der Kellner lächelte versteckt. Mit der Mühle stehe ich dann drinnen und mahle – nein, nicht ganz. Die Tochter: Dann hören wir ja das Geräusch. Der Kellner, sich umblickend: Genau! Nach einer kurzen Pause: Wollen Sie auch einen Kuchen? Der Vater: Nein, keinen Kuchen.

Netter Kellner, sagte der Vater. Und die Tochter: Ganz süß. Der Vater: Wahrscheinlich Student der Religionswissenschaften. Die Tochter: Brotloser Künstler. Vater: Wenn der erst seine Urkunde hat, kann ihm keiner mehr was anhaben! Dafür braucht es aber etwas mehr, sagte die Tochter. Und der Vater: Vielleicht macht er Blitzkarriere. Die Tochter, abschätzig: Was, der?! Ja, mit einem Wiesenhit, auf dem Oktoberfest! Warum auch nicht, meinte sie und fing zu lachen an.

Der Kellner kam, servierte schweigend Kaffee und Kuchen. Vielen Dank, sagte die Tochter. Der Vater: Das ging aber schnell! Der Kellner verschwand, ohne ein Wort zu sagen. Was ist jetzt in den gefahren, sagte die Tochter. Der Vater: Hat er uns etwa gehört? Die Tochter: Oder ist er verliebt? Der Vater: Vielleicht hat er Liebeskummer. Die Tochter: Genau!

Der Vater erzählte: Ich war mal mit einem Mädchen verabredet, es hat geregnet und das Luder ist nicht gekommen. Ich habe vor einem Karussell auf sie gewartet, weil es so ausgemacht war. Nein, nicht unters

Dach, hab ich gedacht, da sieht sie mich ja nicht! Und meine schöne Jacke ist nass geworden, meine Haare, alles pitschnass! Jetzt kannst du mich auch gern haben, hab ich gedacht, als ein Fotograf an mir vorbeikam, und habe mich von ihm fotografieren lassen. Die Tochter fragte: Wie alt warst du damals? Siebzehn. Und das Mädchen? Das weiß ich nicht mehr, jedenfalls haben wir uns einen Tag vorher am Autoskooter kennengelernt. Ich habe ihr eine Rose geschossen und bin mit ihr Karussell gefahren, bis ihr schwindlig wurde, und in der Geisterbahn haben wir uns dann geküsst! Die Tochter fragte: Und wo hast du deine Lebensgefährtin kennengelernt? Der Vater ging nicht darauf ein. Versteh mich nicht falsch, seit Mutter nicht mehr da ist, hat sich einiges geändert, es würde mich nur interessieren! Wie soll ich dir das erklären, sagte er, und schaute auf den See hinaus.

Damals war ich noch Botenfahrer bei einer Bank. Vor dem Vorstandsbüro musste ich jeden Vormittag warten, bis die Geldbestellungen und Überweisungen eintrafen. Daneben war das Empfangsbüro der Chefsekretärin. Die ist immer herausgekommen mit einer Überweisung oder einem Wechsel in der Hand und hat gelächelt, und ich habe auch gelächelt. Und so ging das fast jeden Tag. Dann hast du sie einmal zum Essen eingeladen? Ja. Und dann? Der Vater nickte zustimmend. Und niemand hat etwas bemerkt? Niemand hat etwas bemerkt. So war das? So ungefähr.

Nachdem es nicht mehr geklappt hat mit deiner Mutter, wollte ich nichts mehr zu tun haben mit ihr, aber dann hat es mir leid getan, dass ich aufgehört habe mit ihr, weil wir uns nur wegen einer Kleinigkeit gestritten haben, einfach lächerlich, hab ich gedacht und deine Mutter angerufen, weil ich wieder zurückwollte, unbedingt, aber sie nicht mehr zu mir, dann wollte ich mich nicht mehr mit ihr treffen, aber sie auf einmal mit mir, das war die Phase, wo ich immerzu dachte, warum hast du

Schluss gemacht, bist du verrückt geworden, warum hast du das gemacht, aber auch nur, weil ich allein war und dachte, eigentlich könnte ich jetzt wieder zu ihr fahren, weil das so eingespielt war, dann war aber alles vorbei! Weil du Anita kennengelernt hast? Ja.

Die Tochter sagte: Ich hatte einen Arbeitskollegen, dem konnte ich alles erzählen, diese furchtbaren Sachen: Gestern war es noch in Ordnung, aber heute hat er mich wieder geschlagen. Und jetzt hat er mich rausgeschmissen! Jedes Mal, wenn es geheißen hat, komm, gehen wir eine Zigarette rauchen, hat mein Kollege gewusst, was da auf ihn zukommt. Die Tochter hörte auf zu reden. Was ist, fragte der Vater. Sie sagte nichts mehr, stand auf und ging ins Lokal.

Der Vater saß allein am Tisch. Er holte sein Handy aus der Jackentasche und fing zu tippen an. Er legte das Handy beiseite. Er nippte an der Kaffeetasse. Er blickte in die Runde, fuhr sich mehrmals mit der Hand durchs Haar. Er versuchte zu telefonieren – bis plötzlich die Tochter wieder vor ihm stand. Schlechte Verbindung?, fragte sie. Stimmt, sagte er. Und die Tochter setzte sich wieder.

Ich beobachte schon seit einiger Zeit die Enten da draußen auf dem Wasser, sagte der Vater. Denen geht's gut, meinte sie, die werden von den Touristen gefüttert, die kriegen so viel, dass sie gar nichts anderes mehr brauchen! Er sagte: Der Kaffee wird kalt. Ja, sagte sie. Er blickte auf den See hinaus: Wo sind jetzt die Enten – brauche ich vielleicht schon eine Brille?!

Der Kellner kam an den Tisch, blieb vor ihnen stehen. Der Vater sagte: Ich glaube, ich zahle schon mal. Sonst vergesse ich es wieder! Der Kellner: Alles zusammen? Der Vater: Ja! Der Kellner verschwand, kehrte mit einem Kassenbon zurück. Die Tochter sagte: Leider wird das Wetter jetzt schlechter! Der Kellner legte den Kassenzettel auf den Tisch. Der Vater schob einen Geldschein daneben. Stimmt, sagte er. Als der Kellner seine Geldbörse öffnete, rief der Vater: Schauen Sie, da drüben ist eine Katze! Eine Katze, wo? Der Vater deutete mit der Hand. Der Kellner bemerkte die Katze, ging langsam auf sie zu. Der Vater lachte: Da müssen Sie schon in die Hände klatschen, von alleine verschwindet die nicht!

Der Kellner kam an den Tisch zurück. Und, haben Sie die Katze verjagt? Der Kellner antwortete nicht. Er wandte sich an die Tochter: War bei Ihnen alles in Ordnung? Alles in Ordnung! Und der Schümli? Na ja, sagte der Vater. Die Tochter neckisch: Der Kuchen war leider etwas zu groß. Der Kellner: Lieber zu groß als zu klein, aber Sie haben ihn ja geschafft. Die Tochter: Ja, ich habe mich richtig reingekniet! Der Vater: Ihnen zuliebe, hat sie gesagt. Der Kellner dezent: Dann wünsche ich Ihnen noch einen schönen Tag. Die Tochter, lächelnd: Ebenfalls! Der Vater: Dürfen wir noch ein bisschen sitzen bleiben? Der Kellner: Aber natürlich!

Danke für die Einladung, sagte die Tochter, jetzt musst du mal zu mir kommen, damit ich dich auch einladen kann. Wenn die Bundesstraße nicht wäre, erwiderte er. Am liebsten würde ich mit dem Zug fahren, das geht aber nicht. Echt schade, meinte sie. Der Vater: Letztes Jahr war ich mit dem EUROCITY unterwegs. Bologna – München. Erste Klasse. Kein Zeitdruck. Kein Stress! Stimmt, sagte sie, man muss nicht blinken, nicht überholen, nicht stehen bleiben und nicht tanken. Im Auto ist man immer angespannt, in Gedanken noch bei der Arbeit, gerade wegen der Anspannung. Und wenn man dann aussteigt, muss man sich erst mal die Füße vertreten.

Der Vater fragte: Willst du vielleicht eine Zigarette rauchen? Nein, ich kann es sehr gut ohne aushalten, ich bin da ganz eigen, wenn hier jemand sitzen würde, der raucht, würde mich das sogar stören, darum mache ich das selber auch nicht. Und ich dachte immer: Entweder man ist Raucher oder Nichtraucher! Nein, ich würde mich vielleicht da unten am Wasser hinsetzen und eine rauchen, aber es muss nicht sein. Die Kolleginnen fragen mich oft schon in der Frühe: Gehst du mit, eine rauchen? Da sage ich: Soll ich mich etwa übergeben, nein, kommt nicht in Frage! Warum rauchst du dann – weil der Körper es verlangt? Nein, wenn der Körper es verlangen würde, hätte ich schon längst eine geraucht. Ich rauche nur in angenehmen Situationen, mit einem Glas Wein, zuhause auf der Terrasse zum Beispiel, das ist eher so eine Verknüpfung bei mir, dass ich sage, das ist jetzt schön, jetzt rauche ich eine! Dann kann man ja gar nichts dagegen sagen, meinte der Vater, wenn du dich so im Griff hast. Ja, ich habe jetzt auch nicht das Bedürfnis, eine zu rauchen. Wenn du eine rauchen würdest, täte ich garantiert auch rauchen. So muss ich das aber jetzt nicht haben. Es kann aber auch durchaus passieren, dass jemand zu mir sagt: Jetzt rauch endlich mal eine, damit ich eine rauchen kann! Aber dann sage ich mir immer: Nein, gerade mit Fleiß, jetzt nicht! Hast du Zigaretten dabei, fragte der Vater. Natürlich, Gauloises. Was, die Französischen? Die habe ich auch geraucht, aber die rein biologischen! Die Tochter schmunzelnd: Die rein biologischen, das heißt ohne Filter, wo die kleinen Kinder drin sind? Ja, ganz schwarz und mit Zehennägeln. Ohje! Der Vater: Die sind inzwischen verboten, die gibt es nicht mehr. Die Tochter: Ich weiß, ich rauche nur diese neuen Gauloises. Wenn ich die nicht habe, dann wird es echt kritisch, dann rauche ich lieber gar nicht. Du rauchst andere auch, wenn es darauf ankommt. Die Tochter: Nein! Der Vater: Doch. Die Tochter: Nein, rauch ich nicht! Der Vater: Gut, du hörst einen Tag auf. Am nächsten Tag aber kriegst du sie wieder, was dann? Dann rauche ich weiter. Also doch! Ja, was hast du denn gedacht? Dasselbe wie du!

Der Vater erklärte: Es war an Silvester, als Anita gefordert hat: Hör endlich auf mit diesen stinkenden Zigaretten! Da hab ich gedacht – gut, jetzt probiere ich es einmal, und hab Filterzigaretten geraucht. Am Anfang war das natürlich entsetzlich. Ja, was soll das denn sein, eine Zigarette, nein, das ist keine Zigarette, ich brauche was Starkes. Aber nach einem Monat sagte Anita: Siehst du, geht doch, kannst du nicht ganz aufhören? Die Tochter meinte: Also, alle heiligen Zeiten, einmal im Jahr vielleicht, wenn ich unterwegs bin und mir irgendwo Zigaretten kaufen muss, und es gibt die nicht, die ich will, nehme ich andere. Dann kann es echt passieren, dass ich eine rauche, vielleicht noch eine zweite, aus purer Verzweiflung, und schenke die Schachtel meinem Kollegen, der sich dann freut darüber. Es war wirklich eine schlimme Zeit, entgegnete der Vater, ich bin oft nachts um zwölf noch vor der Balkontür gestanden mit einer Zigarette, und sie hat dann geschimpft im Bett: Du stinkst, geh weg, dreh dich zur Seite! Ich schäme mich heute noch dafür, weil man das ja selbst nicht riecht, wenn man raucht, das weiß man gar nicht, aber die Vorhänge, das ganze Zimmer, alles riecht nach Zigarettenrauch. Die Tochter: Darum rauche ich nicht im Haus, auch nicht im Auto. Auch nicht auf dem Weg zu mir? Nein! Da fällt mir ein Bekannter ein, sagte der Vater. Der hat seiner Freundin versprochen, wenn sie ihn heiratet, lässt er sich den Vollbart abrasieren. Sie hat ihn geheiratet, trotzdem hat er ihn nicht abrasiert. Daraufhin hat er ihr geschworen: Mit vierzig höre ich zu rauchen auf! Wieso mit vierzig? Weil sein Kollege auch mit vierzig das Rauchen aufgehört hat. Dann war er einundvierzig und hat immer noch geraucht. Und heute raucht er mehr als je zuvor! Mein Robert hat auch geraucht, der hat selber gedreht. Irgendwann hat er sich gesagt, so und so viele Jahre braucht der Körper zum Entgiften, und hat von heute auf morgen aufgehört. Respekt, sagte der Vater. Mit mir werden die Zigarettenfirmen nicht reich, erklärte sie, du siehst, dass ich keine rauchen will. Ich glaube, du möchtest lieber noch etwas spazieren gehen? Ja, das stimmt, sagte sie. Also dann, gehen wir, bevor es finster wird.

DIE SCHNECKE

Der Vater und die Tochter balancierten am Ufer über eine morsche Planke. Die Tochter sagte: Ich glaube, du bist ein empfindsamer Mensch. Du aber auch, sagte er, über jede Mail von dir freue ich mich. Bitte, nicht schaukeln, sonst passiert's!, rief sie. Er ging lächelnd, mit ausgebreiteten Armen, vor ihr her. Pass auf, rief sie, schon wieder ein Radfahrer! Der Vater drehte sich um und beide rutschten gleichzeitig von der Planke herunter.

Das müsst ihr auch mal machen, sagte der Vater. Was? Mit dem Rad um den Chiemsee. Gute Idee, meinte sie. Einmal im Leben rund um den Chiemsee, das ist der Traum aller Amerikaner! Genau, das machen wir, und dann besuchen wir dich. Du und dein Robert? Ja, mit unseren neuen Mountainbikes! Gut, sagte er, die Einladung gilt.

Sie drehte sich um und deutete auf eine Tafel mit der Aufschrift: PRIVATBESITZ! ZU-GANG VERBOTEN! Das gibt es ja nicht!, rief sie. Der Vater: Anscheinend doch. Sie deutete auf ein noch größeres Schild: LIEGEPLÄTZE FÜR EINEN EURO! Da würde ich mich nicht hinlegen, und wenn ich hundert Euro bekäme, hier wimmelt es ja nur so von Fliegen! Sie blieb stehen und bückte sich. Suchst du ein Souvenir, fragte er. Ich habe schon eines, schau, ein Schne-ckenhaus! Der Vater: Das kostet einen Eu-ro. Wo ist der Kartenautomat? Von we-gen, Barzahlung! Die Tochter flüsterte ins Schneckenhaus: Wohnt da jemand drin-nen? Der Vater: Hallo, sind Sie zuhause!? Die Tochter: Bitte nicht erschrecken.

Gefällt es dir hier? Ja, aber so nahe am Wasser möchte ich nicht wohnen. Ob-wohl, bei den Grundstückspreisen heut-zutage, vielleicht als Ferienwohnsitz. Sie putzte das Schneckenhaus und lächel-te. Der Vater: Nimmst du das jetzt mit nachhause? Ja, das ist meine Erinnerung an den Chiemsee! Der Vater meinte: Sieht aus wie ein Stein. Die Tochter: Stonehenge oder Salisbury? Der Vater: Keine Ahnung, in England war ich noch nie. Sie gingen ein paar Schritte, blieben wieder stehen. Der Vater fragte: Was ist das jetzt für ein Baum? Das ist eine Esche. Und das? Ahorn. Und was ist das, fragte sie. Das ist eine Eiche. Und das? Akazie. Und das hier? Er zögerte, sagte schließlich: Das ist die berühmte Chiemsee-Erpe. Was? Die Erpe vom Chiemsee! Sag bloß, du weißt es nicht? Der Vater: Man kann nicht alles wissen!

Gehen wir zurück zum Auto, meinte er. Ja, aber da ist noch ein Baum! Der mit dem Strick in den Ästen? Das ist ein Übungsseil, erklärte sie. Für die Kletterer, die so aussehen, als wären sie süchtig? Nein, die Kletterer sind alle so, wenn man wenig Gewicht hat, muss man nichts mit sich rumschleppen. Der Vater: Das ist wohl der letzte Kick? Die Tochter: Keine Ahnung, ich mache das nicht. Der Vater: Ich auch nicht, aber ich glaube, du neigst dazu. Zu was? Zum Extremsport! Die Tochter: Du kannst es machen als vernünftiger Mensch oder als Geisteskranker. Man kann auf den Berg klettern mit Seil, aber man kann auf einen Berg auch klettern ohne Seil. Der Vater: Mir würde das nicht im Traum einfallen. Die Tochter: Für mich hat es etwas Meditatives. Der Vater: Bergwalking, oder wie heißt das gleich wieder? Skitourengehen, so heißt das! Skitourengehen hat also etwas Meditatives für dich? Ja, wie wenn du zeichnest oder schreibst, wo du abtauchst, voll in deiner Aufgabe drin bist, so ist das auch beim Skitourengehen. Aber da nimmst du doch dem Körper die ganze Energie weg, und nachher bist du total erschöpft? Das ist ja das Schöne daran! Dass du erschöpft bist? Nein, das Gefühl, jetzt habe ich was getan! Also könnte man sagen, du fühlst dich nicht ausgelastet, teilweise. Nein, gar nicht, ich bin überhaupt nicht ausgelastet. Ich muss manchmal sogar noch joggen, weil sonst flippe ich aus! Da erfuhr der Vater erst, dass seine Tochter Diabetes hat.

DAS GEHÖFT

Der Vater und die Tochter standen auf einer Lichtung und blickten auf ein großes, von der Sonne beschienenes Anwesen auf einem Hügel. Ob der Hof wohl noch bewirtschaftet wird? Sieht nicht danach aus, meinte die Tochter, da steht schon ein Kran. Merkwürdig, der mächtige Kastanienbaum vor dem Wohngebäude, die Stallungen, der Stadel und die weiten Felder dahinter erinnern mich an den Bauernhof meines Onkels. Bei uns zuhause gibt es doch keine Hügel, sagte die Tochter. Du hast recht, aber das Anwesen hat so eine starke Ausstrahlung, dass es mich an meine Kindheit erinnert! Im Nachhinein erscheint einem alles größer, als es in Wirklichkeit war, selbst mir geht es manchmal schon so, erklärte die Tochter. Was ist es denn, das dich an früher erinnert? Ich weiß nicht, war es der große Kastanienbaum, der so ein heimeliges Gefühl ausgelöst hat in mir oder die Ruhe und Abgeschiedenheit ringsumher. Jedenfalls habe ich auf dem Bauernhof meines Onkels meine Kindheit verbracht. Mit allen Höhen und Tiefen, fügte er hinzu. Das hat mir noch nie jemand erzählt! Bei uns wurde auch nicht viel geredet, da wurde alles unterdrückt, auch auf dem Bauernhof. Da musste man funktionieren, arbeiten, nicht reden! Eigentlich war es keine schöne Zeit. Erst wenn meine Cousine kam, wurde es schön. Obwohl sie als Kind oft im Krankenhaus war, hatte sie für die Widrigkeiten des Lebens nur ein Lächeln übrig. Ich traute mir nichts zu sagen als Kind. Ich bin erst viel später aufgewacht, wie es heißt. Ich habe mich immer gefreut, wenn sie gekommen ist. Sie hatte so ein herrliches, befreiendes Lachen! Leider ist sie sehr bald nach Schweden ausgewandert. Die Tochter schaute den Vater von der Seite her an: Bist du nicht auch schon sehr früh von zu Hause weggegangen?! Ich glaube, manchmal muss man erst einen Fehler machen, damit man sich findet, sagte er. Und, hast du dich gefunden? Er betrachtete den Kran auf dem Hügel, der sich langsam im Wind hin und her bewegte. Vieles erscheint einem unnatürlich und fremd, erst im Nachhinein wird einem bewusst, wie man es hätte machen sollen. Und, wie hätte man es machen sollen? Nicht weggehen von daheim, meinte er und suchte die Augen der Tochter, fand sie aber nicht.

Schließlich sagte er: Als ich vor kurzem zuhause war, wurde sehr viel von früher erzählt. Ereignisse, die schon Jahrzehnte zurückliegen. Die harte Arbeit auf den Feldern. Die Zeiten auf dem Bauernhof. Auch über meine Cousine wurde geredet. Über ihren Vater, der bei einem schwedischen Konzern beschäftigt war. Die haben seinerzeit neuartige Ziegelsteine hergestellt, leicht zu verarbeiten, druckfest und wärmedämmend. Damit hat er einen Stall gebaut für meinen Onkel. Ein ganz Zäher ist das gewesen, den hat so schnell nichts umgeworfen. Der ist immer mit dem Fahrrad gefahren, sehr weite Strecken, und wenn es pressiert hat, auch noch querfeldein!

Er machte eine Pause, drehte sich um und sagte: Da fällt mir der Beppi ein, von dem du erzählt hast. Hat der nicht alle Felder verkauft? Der Beppi, sagte die Tochter und verdrehte ihre Augen. Der Beppi hat erst mal eine Scheune bauen lassen für eine Million! Einen Riesenstadel und einen Geräteschuppen dazu, dann hat er die Felder verkauft und ist Berufsmusiker geworden. Der Beppi hat den Hof ruiniert! Ich habe ihn wirklich gern gehabt, immer zu ihm gehalten. Aber als es losging mit seinem Größenwahn, als ich gemerkt habe, wie er mit seiner Mutter umgeht, hab ich den Kontakt zu ihm abgebrochen. Ich habe damals bereits studiert, ganz andere Freunde gehabt. Als seine Mutter krank wurde, habe ich ihn noch einmal besucht und versucht, mit ihm zu reden. Beppi, hab ich gesagt, deine Mutter hat nicht mehr lange zu leben, jetzt wäre doch eine gute Gelegenheit, sich mit ihr zu versöhnen!

Ich glaube, das mit dem Beppi war doch mehr als nur Freundschaft, meinte der Vater. Ja, ich habe am Anfang sehr viel mitbekommen, vor allem, als seine Frau angefangen hat herumzudirigieren. Dem Beppi hat zwar der Hof gehört, aber seine Frau hat regiert. Die Mutter vom Beppi hat sich das nicht gefallen lassen. Sie hat ja damals noch bei ihnen zu Hause gewohnt. Aber glaubst du, die hätten sie einmal zum Essen eingeladen? Mit dem Tod des Vaters hat alles angefangen, das war der Anfang vom Ende. Der Beppi hat seine Mutter nur noch drangsaliert, und das mit den Schulden ist immer gefährlicher geworden. Als dann seine Mutter gestorben ist, hat mich jemand angerufen, und alle haben es gewusst. Es hat nur noch geheißen, weißt du es schon, jetzt ist sie gestorben!

Dabei dachte ich, der Beppi hätte zu Unrecht alles bekommen, es wäre so ein Neid aufgekommen unter den Geschwistern? Nein, der Neid war ganz woanders! Der

Beppi hat geglaubt, dass er jetzt nichts als Arbeit haben wird mit dem Hof. Sein Bruder, der jahrelang studiert hat, ist Pfarrer geworden, und seine Schwester war längst verheiratet. Er hat sich gedacht, ich habe jetzt den Hof und nichts als Arbeit damit! So hat er alles verkauft und ist Berufsmusiker geworden.

Merkwürdig, was alles geschieht, sagte der Vater. In unserer Familie war es so ähnlich. Plötzlich ruft meine Mutter an und fragt: Was machst du, bist du noch verheiratet, hast du Familie? Ich bin gerade auf dem Weg nach Italien, habe ich gesagt, was meinst du mit Familie? Italien, schön, hat sie gesagt, ich will es dir nur sagen, damit du Bescheid weißt, falls etwas passiert. Was soll denn passieren, hab ich gesagt, in drei Wochen bin ich wieder zurück. Es hat wegen Urlaub nie Unstimmigkeiten gegeben mit ihr, dagegen hat Anita immer bei ihren Eltern angerufen, obwohl alles in Ordnung war. Bei uns hat es nie geheißen: Wo fährst du hin, dass du ja anrufst! An jenem Tag aber hat meine Mutter gesagt: Ich habe jetzt alles deiner Stiefschwester überschrieben! Ich konnte es nicht glauben. Nur damit du es weißt, du bist doch geschieden, oder? Ich brachte kein Wort mehr heraus. Und jetzt ist sie auch gestorben! Meine Stiefschwester hat zwar die Betreuung übernommen, sich aber kaum gekümmert. Die Mutter war ja bestens versorgt im Altenheim! Was war denn der Grund, dass sie alles bekommen hat?, wollte die Tochter wissen. Ganz einfach, weil ich nicht mehr verheiratet war!

Die Tochter holte einen Apfel aus der Tasche, reichte ihn dem Vater. Ihr gehört also alles?, fragte sie. Ja! Und nach einer Pause: Ist sie nicht auch geschieden?! Stimmt, sagte er, einmal hat sie mich angerufen, sie würde weggehen von ihrem Mann, weil er sie dauernd betrügt. Die Tochter meinte: Deine Stiefschwester ist viel gerissener als du! Der Vater betrachtete den Apfel in seiner Hand. Ja, schon als Kind wollte sie alles alleine bestimmen! Die Tochter sagte: Ich habe sie einmal in einem Supermarkt getroffen, da hat sie mich vollgelabert, dass ich mich nur noch geschämt habe für sie. Der Vater: Ich habe ihren Mann nie gemocht. Die Tochter: Wenn einer schon Motorsport betreibt! Ich weiß, er hat einen schweren Unfall gehabt, und als es nicht mehr weiterging, ein Geschäft für Autozubehör aufgemacht. Ein halbes Jahr lang war er krankgeschrieben, und während der Zeit haben ich und Anita ihn einmal besucht. Das hat ihn überhaupt nicht interessiert, auch nicht die Sache mit seinem Arbeitsplatz. Er ist eiskalt über alles hinweggegangen. Dann hat er nur noch seine Kinder fotografiert. Tag und Nacht fotografiert! Ja, ich weiß, sagte die Tochter, beim ersten Kind ist die Mutter vom Beppi die Taufpatin. Da ist der Beppi zu mir gekommen und hat gesagt: Warum muss da meine Mutter Taufpatin sein, wir haben doch mit dem Arschloch nichts zu tun! Sie hat es dann aber doch gemacht. Der Vater biss in den Apfel, dass es krachte, und fing zu lachen an.

So geht es also zu in den Familien, meinte die Tochter. Selbst in der eigenen Verwandtschaft, sagte der Vater. Die Leute haben mich ausgerichtet, wenn ich eine anständige Familie gehabt hätte, wäre das nicht passiert. Über meinen Onkel sind sie hergezogen. Jemand hat behauptet, er hätte zu viel geraucht. Aber das stimmt nicht, vielleicht hat er mal ein Bier zu viel getrunken, weil immer ein Bier da war auf dem Bauernhof, allein schon wegen der vielen Arbeiter, die da beschäftigt waren. Richtig bewusst ist mir das wieder geworden, als ich neulich an einem Weizenfeld vorbeigekommen bin. Da hat ein Bauer allein mit einem Mähdrescher das Feld abgeerntet. Hinten sind die fertigen Strohballen rausgefallen, verpackt in große Zellophanhüllen. Heute braucht man keine Arbeiter mehr, heute hat man Maschinen. Ruckzuck, innerhalb kürzester Zeit war das Feld abgeerntet, wofür man früher eine Woche gebraucht hat. Eigentlich wollte ich gar nicht erinnert werden daran, weil es damals auch sehr viele Streitereien gab unter den Bauern. Trotzdem hat alles seine Richtigkeit gehabt. Allein wenn ich an die Zeit mit meiner Cousine denke. Sie war immer nett zu mir. Ich habe sie richtig geliebt. Meine Stiefschwester hingegen war oft gemein. Wenn ich nicht einschlafen konnte, hat sie mich gehänselt mit ihrem Spruch: GÜNZBURG MACHT DIE TORE AUF – DER BRUDER KOMMT IM DAUERLAUF – MACHT SIE WIEDER ZU – DRINNEN IST DIE BLÖDE KUH! Seitdem verbinde ich Günzburg mit einem Narrenhaus! Gibt es das überhaupt noch?, fragte die Tochter. Der Vater: Keine Ahnung. Die Tochter: Das war bestimmt ein Bezirkskrankenhaus. Der Vater: Irgendwo muss der Spruch ja herkommen. Die Tochter: Aus irgend so einem BZKH halt. Der Vater: Was? Die Tochter: Bezirkskrankenhaus! In Straubing gibt es noch eines, soviel ich weiß. Der Vater: Gut, dass wir da nicht wohnen müssen! Echt schade, meinte die Tochter und fing zu lachen an.

DER WEG ZURÜCK

Der Vater startete den Wagen. Er rangierte hin und her und fuhr los. Er sagte: Ich bin wirklich beeindruckt, dass du so weit gefahren bist wegen mir. Die Jungen müssen doch eine Verantwortung übernehmen für die Alten, sagte sie. Das kenne ich, du bist wahrscheinlich ein bisschen verlegen? Nein, ich mag dich einfach, mit all deinen Marotten! Jetzt werde ich aber verlegen, sagte er. Er schaltete das Autoradio ein und gleich wieder aus.

Die Tochter fragte: Zeichnest du noch? Ja, selbst im Urlaub habe ich Notizbücher dabei. Wenn du willst, zeige ich dir zuhause ein paar Arbeiten. Anita hat es nur nicht so gerne, wenn ich jemanden mitbringe. Wieso? Weil ich meine Bücher im Keller aufbewahre, und ihre Sachen liegen da kreuz und quer herum. Sie bräuchte mindestens einen Monat, um auszusortieren! Da ist sie wahrscheinlich wie mein Robert, sagte die Tochter, der bräuchte nicht nur einen Monat zum Aussortieren, sondern drei Monate zum Sichten, weil er beim Sichten schon wieder mit dem Einsortieren beginnen würde. Ich habe auf dem Speicher einen Schrank stehen, genau einen Schrank, fuhr sie fort, da ist alles drin. Den mache ich so schnell nicht auf! Der Vater: Meine Devise lautete früher: Alles, was man zum Leben braucht, muss in einen Rucksack passen. Aber von wegen, das schafft kein Mensch! Die Tochter: Ich glaube, ich mache nächstes Jahr doch den Schrank auf. Da habe ich schon eine Ewigkeit nicht mehr hineingeschaut. Der Vater: Ich wundere mich immer wieder, wenn ich ein Buch von früher in der Hand halte. Ich weiß, du schreibst künstlerisch, meinte sie, dafür habe ich keine Zeit, ich schreibe Sachen, die mich belasten, wo ich mir sage, das muss ich jetzt niederschreiben, dass ich es los bin, weil es mich sonst zerreißt. Der Vater: Das ist bei mir nicht anders, manchmal packt mich etwas, von dem ich weiß, dass ich es schreiben muss, oder glaubst du an

Eingebung? Die Tochter: Quält dich das? Der Vater: Manchmal schreibe ich eine Mail und lösche sie wieder, weil mir der Inhalt nicht gefällt. Da brauche ich oft eine Stunde lang. Die Tochter: In meinen Mails für dich versuche ich fast immer mein Bestes, weil ich glaube, sonst hättest du was auszusetzen daran. Ich weiß, sagte er, manche Mails von dir sind sehr kurz, beinahe druckreif, dann geht es wieder über fünfzig Zeilen, wo ich denke, jetzt hat sie keine Zeit gehabt, die Sache zu überarbeiten, oder jetzt hat sie was auf dem Herzen gehabt, das verzeihe ich ihr! Ja, genau, bei dir weiß ich nicht immer, was ich schreiben kann. Wieso nicht? Keine Ahnung, wahrscheinlich erwarte ich mir irgendwas, das dann nicht so kommt von dir, wie ich es erwarte. Obwohl ich oft gar nicht weiß, was ich erwarte. Blöd, gell? Der Vater: Also, was erwartest du, das möchte ich jetzt wissen! Die Tochter: Ich glaube, dass ich manchmal von dir eine andere Rückmeldung erwarte, nein, erhoffe! Und die Rückmeldung kommt dann nicht?, fragte der Vater. Ja, die kommt dann nicht, weil wahrscheinlich ein jeder anders denkt. Dann bist du enttäuscht, sagte er. Ja, aber nur ein bisschen! Weil es nicht so kommt, wie du gemeint hast, dass es kommen könnte? Ja, manchmal, so ungefähr, sagte sie. Der Vater meinte: Ich schreibe lieber auf Papier, als in den Computer. Es gab mal einen Ausverkauf in einem Papiergeschäft, da habe ich Blindbände gekauft, fünfzig Stück auf einen Schlag. Auch aus Fabriano, unzählige Notizbücher hab ich da mitgenommen. Ich werde immer ganz schwach, wenn ich solche Bücher sehe.

Er hielt vor einer Kreuzung. Die Ampel hatte auf Rot geschaltet. Er schimpfte: Jetzt habe ich den falschen Weg genommen, die Ewigkeitsampel kenne ich! Er öffnete das Fenster, stellte den Motor ab. Die Tochter meinte: So was ist mir auch schon passiert. Ja, sagte er, dabei wollte ich die Abkürzung nehmen! Kaum hatte er das Fenster geöffnet, schaltete die Ampel auf Grün.

DER KELLER

Gut, dass Anita nicht zu Hause ist, sagte der Vater. Die hätte uns hier nicht reingelassen. Du darfst ihr nicht sagen, dass wir hier waren. Er hob demonstrativ seinen Arm. Schau dir den Saustall an! Die Tochter, fast verschwörerisch: Ich weiß von nichts! Der Vater: Sie kann sich nicht trennen von dem Gerümpel. Selbst im Flur stehen noch Möbel von ihrer Mutter! Er ging auf einen Schrank zu. Da sind meine Sachen drin. In den Kisten Fotografien und Blindbände. In der Ecke Bilder von der letzten Ausstellung. Er machte den Schrank auf, holte ein Buch heraus. Das habe ich alles an einem Tag gezeichnet. Er öffnete das Buch, betrachtete eine Seite und klappte es wieder zu. Manchmal frage ich mich, warum ich so einen Drang zum Zeichnen habe. Vielleicht, weil es mir ein Lehrer in der Schule austreiben wollte. Der hat immer gesagt: ES STIMMT NICHT, WAS DU MACHST – ES IST ALLES VER-KEHRT – AUS DIR WIRD NIE WAS GESCHEI-

TES! Die Tochter fragte: Wie geht das vor sich, wenn du zeichnest? Ich zeichne nicht nach der Natur, sagte er, das ist langweilig, das Zeichnen nach der Natur. Ich beginne mit einem Strich oder einem Bogen, das wird dann vielleicht die Stirn einer Frau, oder auch nicht. Ich mache erst im Nachhinein Korrekturen, falls überhaupt. Ich zeichne, bis ich meine, jetzt ist es fertig, ja, dass ich gar nicht mehr weitermachen kann, ich einfach aufhören muss! Die Tochter betrachtete eine Arbeit genauer. Der Vater fragte: Hat es dir jetzt die Sprache verschlagen? Die Tochter: Von wegen – das ist alles wunderbar! Er holte ein paar Bände aus dem Schrank. Und die Tochter fuhr fort: Damit kannst du ja Ausstellungen machen, bis ans Ende deines Lebens! Er nahm ein Buch, schaute es an und lächelte. Manchmal liegt noch der Kassenettel drin, dass ich mich wundere, wann und wo ich es gekauft habe.

Er holte einen großen Briefumschlag aus dem Schrank, legte ihn vor sich hin. Im

Winter habe ich eine Schallplatte von einer finnischen Akkordeonspielerin gehört, dazu gezeichnet und kurze Texte geschrieben. Er deutete auf das Kuvert. Ich habe das Akkordeon gehört und spontan zu zeichnen angefangen. Zu jedem Stück habe ich einen Text geschrieben und eine Zeichnung gemacht. Er holte einen weiteren Band aus dem Schrank. Es hat sehr lange gedauert, bis ich an mich geglaubt habe. Ich habe früher oft gedacht, es hat keinen Sinn, was ich mache, weil ich immer abgelehnt wurde. Heute schmeiße ich nichts mehr weg.

Er öffnete eine Kiste: Da sind die unbeschriebenen Bände drin. Zum Teil aus Fabriano, richtig teuer! Er holte einen rosaroten Band heraus und reichte ihn der Tochter. Manchmal denke ich, für so ein Buch sollte ich im Voraus wissen, was ich zeichne, oder schreibe. Ein Buch bei dem man sich wünschte, jede Seite wäre ein Kunstwerk! Sie öffnete es, betrachtete den Umschlag, wog es abschätzend in der

Hand. Büttenpapier, sagte er, handge-
schöpft. Von meinem letzten Urlaub
aus Italien mitgebracht. Er machte eine
Pause und lächelte. Das schenke ich dir
jetzt! Ah, das freut mich aber, sagte sie.
Und, was schreibe ich da hinein? Der
Vater, spontan: ICH LEBE NICHT, UM
ZU LEIDEN – ES GIBT NICHT NUR DIE
ANDEREN – LIEBEN – LACHEN – VERZEI-
HEN. Die Tochter, sichtlich bewegt: Danke! Ich finde den Keller gar nicht so
schlimm. Richtig heimelig, wie du mir da
deine Welt erklärst.

DER BALKON

Der Vater und die Tochter saßen auf dem Balkon. Der Vater fragte: Hast du deine Autoschlüssel? Die Tochter nickte. Willst du etwas trinken? Nein, sagte sie. Der Vater: Oder essen? Die Tochter: Ich habe ja noch Äpfel im Auto. Der Vater: In jungen Jahren habe ich oft SOUTHERN COMFORT getrunken, der Geschmack der Äpfel hat mich gleich daran erinnert. Die Tochter: Ich glaube, wir haben das Licht im Treppenhaus vergessen! Der Vater: Das geht automatisch aus. Gut, dann stecke ich jetzt das Notizbuch ein, sonst glaubt deine Lebensgefährtin noch, wir waren im Keller. Der Vater: Ich habe leider keinen SOUTHERN COMFORT mehr. Die Tochter: Da sind mir Äpfel auch lieber. Er stand auf und verschwand in der Wohnung, kehrte mit dem BUCH DER RAUMFAHRER zurück. Das hätte ich jetzt beinahe vergessen! Das ist lieb, sagte sie. Und wann kommt deine Anita zurück? Wenn ich das wüsste. Die Tochter: Dann sieht sie mich halt nicht! Ein leiser Piepston erklang. Und, was ist das? Der Akku von meinem Handy wird leer, gut, dass ich den alten Telefonapparat noch habe, der braucht so was nicht! Die Tochter lächelte, verstaute das Buch in der Tasche. Nochmals vielen Dank, sagte sie. Der Vater: Du musst dich nicht bedanken. Die Tochter: Ich glaube, ich breche jetzt schön langsam auf.

Der Vater blickte angestrengt geradeaus. Was ist, fragte die Tochter. Der Vater: Hörst du die Nachbarn? Die Tochter: Nein, ich höre nichts. Der Vater: Nicht weit von hier ist vor kurzem ein Haus explodiert. Bis heute weiß niemand, warum. Eine ganze Familie wurde ausgelöscht, von einem Moment auf den andern! Da habe ich gedacht: So was kann jedem passieren. Ruckzuck – und was hast du aus deinem Leben gemacht?

DIE STRASSE

Sie standen auf der Straße und umarmten sich. Die Tochter stieg in den Wagen. Der Vater sagte: Gute Fahrt! Die Tochter: Danke. Der Vater: Mach's gut! Die Tochter öffnete das Seitenfenster: Mach ich! Der Vater: Wie hat mein Onkel immer gesagt – FAHR LANGSAM – DANN KANNST DU SCHNELL HALTEN! Die Tochter: Und die Skifahrer – BREMSE SPÄTER – DANN FÄHRST DU LÄNGER! Der Vater: Pass auf dich auf! Die Tochter, lächelnd: Ja! Sie schloss das Fenster. Der Vater ging zur Seite. Schreib mir, wenn du zuhause bist!

Sie startete den Wagen und fuhr sofort los. Der Vater ging hinter ihr her. Er wurde schneller, winkte. Er lief noch ein paar Schritte und blieb stehen, schaute dem Wagen hinterher, bis er nicht mehr zu sehen war.

Er stand noch eine ganze Weile bewegungslos da.